인생에서
지적이고 싶은
사람을 위한
명문장 필사책

지은이 **박경만**

어린 시절부터 집보다 틈만 나면 밖에서 놀기를 좋아했고 텔레비전보다 책을 많이 읽었다. 또한 책을 읽을 때 마다 좋은 문장이 나오면 가차 없이 펜을 잡고 밑줄을 치며 나만의 삶을 만들려고 노력했다. 그래서 현재진행형이지만 나의 평생놀이는 책이다. 그러다가 앞으로 뭘 해야 하지! 하고 고민 고민 끝에 글을 쓰고 싶어 문창과에 갔다. 그 후 출판사에서 출판, 글쓰기, 기획 마케팅 일을 시작했고 지금은 여러 책을 만들고 있다.

**인생에서 지적이고 싶은 사람을 위한
명문장 필사책**

초판 1쇄 인쇄 2025년 4월 28일
초판 1쇄 발행 2025년 4월 28일

엮은이   박경만
디자인   박영정

펴낸곳   책글터
펴낸이   박경만

출판등록 2016년 2월 1일 제406-2016-000020
주소 경기도 파주시 월롱면 검바위길 177
전화 070-4706-1382   팩스 02-6499-1383

ISBN 979-11-957710-2-8(03800)

인생에서
지적이고 싶은
사람을 위한
명문장 필사책

지은이 **박경만**

책글터

일러두기

이 책은 여러 책에서 좋은 문장을 발췌하고 필사하는 것이 목적이기 때문에 저자명은 있지만
여러분들이 찾아 읽기를 바라는 바, 도서명이 빠져 있는 데가 있습니다.

사물은 언제나 있는 그대로 볼 것을 명심해야한다.

좋은 글을 쓰기 위해서 그 대상 자체를 정확히 보지 않는다면

좋은 글을 쓸 수가 없다.

글을 쓰기 전 그 대상을 한 바퀴 뒤틀어 본다면

허상일 뿐 본질에 접근하지 못한다.

사물과 타협은 할 수 없고 우리의 언어로 타협이 가능하다는 것.

그래야만 추상적인 것이 아닌 구체적인 말이 만들어진다.

그것이 기본이 되어야 좋은 글을 쓸 수가 있다.

들어가는 서(序)

처음 이 책을 만들고자 한 동기는 내 내밀함을 열기 위함이었다. 시작은 내 자신이었던 것. 그러다, 책을 통해 닫혀있고 말라버린 내 머릿속을 물렁물렁하게 만들자는 것이다.

지금 답답한 현실 속에서 당신이 책을 보고, 읽고, 쓰고, 위안이 되어주길 바람이 내 머릿속에서 춤을 춘다.

덧붙여 말하자면, 수많은 문학, 인문, 철학 책들, 중 선택받은 여기 120권에서 뽑아낸 이 책의 시작은 세상을 보다, 읽다, 쓰다, 이다.

내가 살아 온 동안 읽었던 정신적인 자식들에게서 꺼낸, 보낸, 내 물건, 책들이었던 것. '분더카머' 저장고라고 할 수 있을지 모르겠다. 그중에서 내가 애지중지 간직했던 물건들에서 꺼낸 것일 테다.

나는 책을 읽을 때 못 버리는 습관이 있다. 좋은 문장들이 보이면 가차 없이 펜을 들고 밑줄을 치는 버릇이 있다. 그 문장 하나하나 소중한 것이다. 그 문장들을 만나면 오늘 하루의 완성이며 다시 시작인 것이다.

그리고 자못 중요한 것은 삼다(三多)이다. '많이 읽고 많이 쓰고 많이 생각'해야 한다.

아무 페이지나 열고 읽고 쓰면 바랄 게 없겠다.

삶은 혼자 살 수 없는 것이다. 마르틴 부버의 '나와 너'가 말하고 자 하는 것은, 내 옆에 누군가가 있다는 것의 즐거움이고, 그렇지만 인 간관계란 쉽지 않음은 다 아는 사실이다. 카뮈의 '시지프스의 신화' 에서 시지프는 얼마나 고통을 받고 살았는가.

유명한 신화학자 조셉 캠벨은 유명한 저서 '신화의 힘'에서 인생의 목적은 삶을 살기 위한 하나의 방식이 아닌 '살아있음의 중요성'이 라고 말했다. 책의 위대함, 무한한 힘...... .

마지막으로 여기에 발췌하여 놓여 진 문장들, 문구들이 인생의 정석 혹은 삶을 살면서 도움이 되길 바란다.

여하튼 이 책을 읽고 쓰고 생각하며 당신의 삶이 움직인다면 바람 이 없겠다.

그리고 이 책을 덮고 난 후 당장 서점에 나가서 많은 책을 경험해 보 시라.

1장
세상을 인생을 보다

2장
세상을 인생을 읽다

3장
세상을 인생을 쓰다

01

세상을
인생을 보다

그리고 그러나 그럼에도 불구하고 내가 당신에게 해줄 수 없는 말들이 아직도 허공 속을 헤매고 있다. 아직도 누군가를 기다리고 있다. 왜, 오지도 않을 것을… 뻔히 알면서도 나는 (왜) 모든 글들을 꺼내주고 싶어도 꺼내주지도 못하고 받지도 못한 것일까. 다시 한 번 말한다. 이 책은, 아니 이 안의 글들은, 글도 책도 아닐 수도 있다. '절대'는 아니지만 상관 없다. 목적 없는 글쓰기만 해왔던 나에겐 아무런 보상도 필요 없다는 것. 책을 읽으며 무언가를 느낀다면 텍스트 안에 먼저 자리 잡고 앉아있는 세상을 보는 것이다.

001

모든 인간들은 완벽함을 추구하려는 욕망이 있다. 하지만 절대적으로 욕심을 낼 필요가 없다. 왜냐하면. 그것은 신들만이 할 수 있는 영역이기 때문이다.

뛰어난 그림들이 있다 치자. 완벽한 그림이다. 라고, 치자. 과연 절대적일까? 분명 자기만의 네피셜이 있을 것이다.

각자의 보는 눈에 따라 그림에 대한 의미, 해석이 확장되는 것이 아닐까?

살바도르 달리(스페인 화가)

002

"소크라테스는 범죄인이다. 그는 하늘 위와 땅 밑의 일을 탐구하고 비리를 강변하는 등 부질없는 행동을 하며, 아울러 그 같은 것을 남에게도 가르치고 있다."

소크라테스의 변명

플라톤(그리스 철학자)

003

물론 나 자신은 알고 있다. 오직 운이 좋았던 탓에

나는 그 많은 친구들보다 오래 살아남았다. 하지만

지난 밤 꿈속에서

이 친구들이 나에 대하여 이야기하는 소리가 들렸다.

"강한 자는 살아남는다."

그러자 나는 내 자신이 미워졌다.

그 당시 2차 세계대전이었다는 사실
살아남은 자의 슬픔

베르톨트 브레이트(독일 작가)

신들은 시지프에게 계속해서 바위를 산꼭대기까지 굴려 올리는 형벌을 내렸다. 그러나 이 바위는 고통의 삶처럼 다시 산꼭대기에서 굴러 떨어지는 것이다.

결국, 반복에 반복, 그냥 단순한 일상이고 아무 의미 없고 희망 없는 일보다도 더 무서운 형벌은 없다고 신들은 생각한 것이다.

시지프의 신화

인간존재의 본질에서 어긋나 버리는 것, 부조리, 인간은 살만한 의미와 가치가 있다. 없다. 라는 것을 생각해 본다면 좋겠다.

알베르 카뮈(작가, 기자, 철학자)

005

그는 열악한 인간의 조건을 생각하고 이 실존이 굴욕적인 것이라고 말한다. 유일한 현실, 그것은 여러 존재의 전 계층에 있어서 걱정만 있을 뿐이다. 이 세계와 그 기분에 따라 수동적으로 움직이는 인간에게 다가오는 것은 순간적인 공포일 것이다.

인간이 살아가는 세계는 냉정하다는 것

마르틴 하이데거(독일 철학자)

사악한 인간들은 그 어떠한 진리를 알고 있어도 자신들의 이익과 관련 있을 때에만 이것을 인정한다. 그 외의 경우에는 이 진리를 버린다.

파스칼

인간의 삶은 결국 한계상황에 도달한다는 것

파스칼(프랑스 철학자)

007

인간은 적어도 일생의 한 기간에 부조리를 발견하는 그 이상의 삶을 살아간다. 부조리한 세상을 사는 것. 가장 확실한 것은 침묵하는 것이 아니다.
사람은 어떠한 진리도 절대적이 아니며 그 자체에 있어 불가능한 실존을 만족시킬 수 없다.

내 안의 부조리를 언제 발견할 것인가의 문제

쇠렌 키에르케고르(덴마크 철학자)

엄마야 누나야

엄마야 누나야 강변 살자

뜰에는 반짝이는 금모래빛

뒷문 밖에는 갈잎의 노래

엄마야 누나야 강변 살자

김소월(국내 시인)

누군가 방금 전에 찬바람처럼 떠났다.

방 안에

남은 한숨이

쓸쓸한 거리로 나를 인도하고

열린 창문 사이로 비치는 한줄기 햇살처럼

초록 잔디 위에

태양

르베르디(프랑스 시인)

010

평화란 절대적으로 가난 속에서만 가능하다.

D.T스즈키(일본불교, 철학자)

최인훈의 '광장' 읽다. 보다. 쓰다

웬만한 한국 사람이라면 다 아는 소설 최인훈의 '광장'을 다시 읽다. 왜 다시 광장일까?

필자는 90년 고등학교 2학년 때 최인훈 선생의 '광장'을 읽었다. 그 후 정확히, 다시 말하면 96년 대학교 다니던 시절 소설론 한 학기를 최인훈 선생 '광장'으로 수업을 받은 적이 있다. '광장'이란 무엇인가? 그것은 여러 사람들이 뜻을 모아 모일 수 있는 장소, 고대 로마에서는 관행적으로 행하던 토의, 사회자의 지도 아래 한 사람 또는 여러 사람이 연설을 한 장소라고 할 수 있다.

그런데 지금의 '광장'은 어떠한가. 현재 '광장'은 좌, 우 진영의 문제뿐만 아니라 찬성과 반대의 충돌의 장소가 아닐까? 뻔히 정답이 나와 있는 것인데도, (아닐 수도 있다고) 서로의 양보란 볼 수가 없고 서로 자기들만의 이익을 위한 장(場)이 아닌가. 뒤섞여버린 말과 혼탁한 말(언어, 소리)의 대결이란. 물론 민주주의 국가에서 필요한 것이라 할 수 있지만 상호 대립된 갈등만 있을 뿐이다. 서로서로 의견을 조율하여 타협이 있으면 좋겠지만..... .

잘 모르겠지만 예전의 '이데올로기' 이념이란 사상의 대립 좌익과 우익 진영의 논리였다는 것. 또한 시위는 올바른 것을 바로 잡기 위한 것이었다는 것. 물론 지금도 마찬가지였겠지만..... .

불현듯 최인훈 선생의 '광장'을 좀 이야기하려다 자못 멀리 와 버렸다. 지금 나라가 레고나 다름없어서 내 자신의 정신이 좀 혼란스러워, 순간, 저 멀리 나가 있었다라고 생각한다.

그럼 최인훈 선생의 '광장'을 좀 이야기 하자. 문학평론가 고 김현선생은 1960년은 4.19 는 젊은이들의 해였고 소설 ' 광장'은 그해 최고의 소설이라고 할 정도로 시대적 상황 및 주인공 '이명준' 을 통하여 남북 간 이데올로기의 대립 속에서 '사랑'으로 고통받고 갈등하는 지식인상을 보여 준 '분단소설'의 영역을 확장시킨 작품이다.

또한, 남과 북의 '광장'과 '밀실'의 대립구조로 금기시되어 온 이데올로기와 남북 분단의 문제를 이명준이라는 주인공을 통해 비극적으로 다뤘다는 점에서 의의가 있다.

 이 소설에서 재미라고 할 수 있는 것은 주인공 의식의 흐름이다. 이명준은 남과 북의 세계를 다 지켜보면서 부조리를 느끼고 삶의 의미를 잃어버리는 자아라고 할 수 있겠다. 자신이 남과 북을 버리고 중립국을 선택한들 무슨 의미가 있을까. 모든 게 이명준에게는 무의미하다. 결국 '자유'라는 구원의 길이 있을까라는 내면의 대화들이 있다 한들, 삶의 무의미함을 깨닫고 바다에 뛰어들어 자살하게 된다.

011

불확실한 미래의 두려움 때문에 스스로 뒷걸음치고 있는 사람들은 습관적으로 과거를 회상하는 일에 몰두한다. 그것은 일시적인 외형적인 삶이다. 당신은 어려운 상황이 정신적으로 자기 자신을 초월할 수 있는 기회를 준다는 사실을 잊지 말아야 한다.

과거는 즐거운 일과 안 좋은 일이 교차한다. 희망적인 일들만 생각하자. 그래야만이 앞으로의 삶이 즐겁다.

빅토르 프랑클(오스트리아 정신과 의사)

012

대부분의 사람들이 사랑의 부조리라고 말하는 것은 상상력이, 한 걸음 한 계단이 행복했었던 달콤한 몽상으로부터 강제로 끌려 나와 닫혀있는 현실 앞에 놓였다는 일이다.

여자를 만나는 순간부터 남자를 만나는 순간부터 시작되는 투쟁에 있어서 조금이라도 방심한다든가, 조금이라도 주의력 혹은 용기를 잃는다면 곧 패배하고 말 것이다.

연애론

사랑의 부조리란 무엇일까를 고민하고 고민해야 한다는 것

스탕달(프랑스 작가)

삶의 무게가 무겁게 느껴질 때가 있다. 그것은 현재적 의미가 부재한다는 사실과 아무런 의미도 없는 인과관계 속에서 헤어 나올 수 없이 사로잡혀 있다는 것을 의미한다.

땅에서 위는 너무 가깝고 하늘과는 너무 멀리 떨어진 상태에서 아무런 결실도 맺지 못한 채 시들어가고 있다는 사실이다.

지금 자신의 삶이 무겁다고 생각하는가. 가볍다고 생각도 해보자. 버릴 것은 바로 바로 머릿속에서 버리자.

게오르크루카치(헝가리 철학자)

014

시인은 평범한 눈이 발견할 수 없는 현실의 어떠한 새로운 의미를, 또 한편으로 언어가 가지고 있는 숨은 의미를 찾고 찾아 발굴하여 보여주는 것이다. 사람들은 시인의 도움으로 현실의 숨은 의미를 이해함으로써 인생을 더 풍부하게 해 준다.

시론

시인의 눈은 현실을 초월한다.

김기림(시인, 문학평론가)

015

명상은 하나의 휴식이다. 그 자체로 더 할 수 없이 행복을 가져
다준다. 명상을 자주 하는 사람들은 자유를 만끽할 줄 아는 사람
이다.

아리스토텔레스(그리스 철학자)

나는 "너희들이 저지른 나쁜 짓을 잘못했다고 말하기 전까지 그 죄가 사라지지 않는 법이다. 너희들이 한 나쁜 짓은 너희들이 더 잘 알고 있을 것이다. 솔직히 말하자면, 자고 일어나서 후회하는 마음이 들어 내일 아침이라도 사과하러 찾아오는 것이 도리일 것이다. 아니, 사과는 하지 않더라도 미안한 마음에서 조용히 잠이라도 자야지. 그런데 이 소란은 또 뭐란 말이냐? 기숙사를 지어 놓고 돼지를 기르는 것도 아닐 테지. 미치광이 같은 짓도 이제 적당히 해라. 어디 두고 보자."라며 잠옷을 입은 채로 숙직실에서 뛰쳐나가 계단을 두 단씩, 2층까지 뛰어갔다.

도련님

나쓰메 소세끼(일본 소설가)

호기심이란 인간의 뛰어난 기능 중에서 가장 저급한 것이다. 호기심이 강한 사람은 거의 예외 없이 기억력이 나쁘고 근본적으로 우둔하다는 것을 누구나 일상생활에서 보게 된다.

당신은 호기심이 많은 사람일까? 아닐까?

E.M.포스터(영국 소설가, 비평가)

018

자기 자신만의 고유한 죽음이란, 자신만의 고유한 삶과 마찬가지로 매우 귀한 것이다. 어쨌든 사람은 누구나 죽음을 자기 안에 지니고 걷고 있다.

인간은 죽음을 벗어날 수가 없다는 유한성

라이너 마리아 릴케(체코 시인)

"그래도 난 녀석을 죽이고 말 거야. 당당하고 날렵한 놈이긴 하지만 말이야."

노인은 이렇게 다짐했다.

물론 고기를 죽이는 게 꼭 옳은 일이라고 할 수는 없어. 노인은 생각했다. 그래도 녀석에게 사람이 무엇이든지 할 수 있고 얼마나 견딜 수 있는지 보여줘야 해!

"그 아이에게 내가 이상한 노인이라고 말해줬겠다?"

노인은 말했다.

"이제 그것을 증명해 보일 차례다."

물론 노인은 지금까지 천 번도 넘게 그걸 증명하려고 했지만, 이제는 아무 의미도 없었다. 그럴 때 마다 항상 처음 시작하는 것처럼 새로웠고, 이전에 했던 일은 결코 머릿속에 담아두지 않았다.

당신의 머릿속에 불필요하게 쌓아둔 생각들을 정리할 때...... .

어니스트 헤밍웨이(미국 소설가)

020

작품을 읽는다는 것은 독자의 정확한 능력이 수준에 따라 오직,
그 한도 내에서 존재할 뿐이다. 독자는 그 작가의 작품을 읽고, 또
머릿속에서 창조하는 동안 항상 자기 독서에서 더 가까이 갈 수
있음을 알아야 한다. 생각하면서 더 깊은 창조적 읽기를 해야 한
다.

작품의 해석은 전적으로 독자의 몫이다. 꼭 절대적으로 답이 있는 것은 아니다.

장폴사르트르(프랑스 작가, 철학자)

021

그레고르 잠자는 어느 날 아침 불안한 꿈에서 깨어났을 때, 자신이 깊이 잠을 자는 동안 한 마리 볼썽사나운 벌레로 변해 있음을 알아챘다. 그는 장갑차처럼 딱딱한 등을 대고 누워 있었고, 고개를 약간 들자, 활 모양의 각질로 나눠진 살짝 불룩한 갈색 배가 보였고, 그 위에 이불이 지금 바로 미끄러져 떨어질 듯 간신히 걸려 있었다.

변신

'인간은 벌레다'라는 명제를 생각해 보자. 단어를 계속해서 바꿔서도 생각해 보자.

프란츠 카프카(체코 소설가)

022

시간은 누구와 걷느냐에 따라 속도가 달라진다. 그리고 어떤 사람과는 천천히 걷고 어떤 사람과는 빠르게 걷는다. 또 누군가와는 전속력으로 달리고, 다른 누군가와는 제자리에 멈춰 있기도 한다.

시간이 지금도 흐르고 있다. 중요한 시간이 얼마만큼이 아니라 그 시간을 어떻게 쓰느냐에 달렸다.

월리엄 셰익스피어(잉글랜드 극작가)

"이 눈깔! 이 눈깔! 왜 나를 바라보지 못하고 천장만 보느냐, 응"
하는, 말끝엔 목이 메었다. 그러자 산 사람의 눈에서 떨어진 닭의
똥 같은 눈물이 죽은 이의 뻣뻣한 얼굴을 어룽어룽 적시었다. 문
득 김첨지는 미칠 듯이 제 얼굴을 죽은 이의 얼굴에 한데 비비대
며 중얼거렸다.

"설렁탕을 사다 놓았는데 왜 먹지를 못하니, 왜 먹지를 못하니….
괴상하게도 오늘은! 운수가 좋더니만….

운수좋은날

현실적 비극과 인간의 아이러니란 이런 것.

현진건(소설가)

024

나는 가던 걸음을 멈추고 그리고 어디 한번 이렇게 외쳐보고 싶었다.

날개야 다시 돋아라.

날자. 날자. 한번만 더 날자꾸나.

한번만 더 날아보자꾸나.

날개

무의식의 흐름, 심리소설의 시작이라 할 수 있다.

이상(소설가, 시인)

025

내 마음을 언제나 살피며 원만하게 한다면 세상은 전혀 문제가
없는 세계가 될 것이다.
또한, 내 마음을 항상 열어 너그럽게 한다면 세상의 어지러움은
저절로 사라질 것이다.

채근담

따뜻한 마음은 우리를 즐겁게 한다.

홍자성(명나라말 문인)

026

우리는 다른 사람의 마음속에서 무슨 일이 일어나는지 모른다고

불행해지지 않는다.

하지만 자기 자신의 마음을 모르는 자는 반드시 불행이 온다.

명상록

자기 자신을 안다는 것. 잘 알 것 같으면서 모른다는 것.

마르쿠스 아우렐리우스(로마제국16대 황제)

진실로 인간은 공허하고 제각각이며 변하기 쉬운 존재이다. 그러므로 인간에 대해 변하지 않는 하나의 믿음에 의한 판단을 내리는 일은 쉬는 일이 아니다.

수상록

죽기 전까지 사람을 제대로 판단하기란 어려운 일이다.

미셸 드 몽테뉴(프랑스 철학자)

028

그는 "철학이란 죽음을 준비하는 것에 불과하다."라고 말했다. 철학적 사색은 우리의 영혼을 외적으로 드러내고 신체 이외의 일을 바쁘게 하는 것인데, 이것이 곧 죽음을 연구하고 죽음을 모방하는 것.

이 말은 세상의 모든 지혜와 지성은 결국 '죽음'을 두려워하지 말라는 가르침이라는 것이다.

마르쿠스 툴리우스 키케로(이탈리아 정치인)

029

우리는 앞에 절벽을 보고 있어도, 눈을 가린 채 아무런 생각 없이 달려간다. 정신은 저절로 믿고, 의지는 저절로 만날 수 밖에 없다. 그래서 진정한 대상이 없으면 정신과 의지는 거짓된 것들을 믿거나 사랑하게 된다.

팡세

블레즈 파스칼(프랑스 철학자)

030

인간들이 제각각 살아가는 이 세계는 무엇보다 세계에 대한 각
자의 견해에 의해 움직이며, 두뇌의 차이 즉, 개성 및 색깔에 따라
달라진다. 사람에 따라 보잘 것 없고 무의미하게 느끼기도 하고,
풍부하고 재미있고 의미심장하게 보기도 한다.

의지와 표상으로서의 세계

아르투르 쇼펜하우어(독일 철학자)

031

깊은 사색을 통해 우리는 진실된 의미에서 자아의 굴레에서 벗어
날 수 있다. 우리의 마음은 의식적인 노력에 의해 그 행위와 그것
으로 비롯된 결과를 객관적으로 바라볼 수 있다. 그래야 좋은 것
이든 나쁜 것이든 모든 것이 순식간에 빠르게 지나가는 물살처럼
지나가 버린다.

월든

헨리 데이비드 소로(미국 시인)

032

우리는 별이 빛나는 맑고 파란 하늘을 보고 갈 수가 있고 또 가야

만 하는 길의 지도를 읽을 수 있었던 시대가 얼마나 행복했던가?

그리고 그 밝은 별빛이 그 길을 환하게 밝혀주던 시대는 얼마나

행복했던가?

삶의 여정, 지금 가던 길을 잃어버렸다면 다시 뒤돌아 예전에 갔던 길을 생각해 보
라. 지금도 또 다른 곳을 향해 발걸음을 옮기고 있다면 내 삶은 계속해서 살아 숨 쉬
며 움직이는 것이다.

게오르그 루카치(헝가리 철학자)

033

뒤죽박죽 어지러이 싸운다 할지라도 아군은 혼란스럽지 않다. 뒤섞여 혼돈을 이루더라도 패하지 않는 법이다.

손자병법

세계가 혼란스럽더라도 질서는 있는 법이다.

손자(춘추전국시대 전술가)

034

님아! 물을 건너지 마오.

님은 건너 버리고 말았네.

물에 빠져 죽었으니

님이여! 어찌 하리오.

공무도하가

곽리자고(고조선)

035

덕망에 의해 귀족이 되거나, 학식이 뛰어나 승진을 하는 것 같지
않다. 용기 있는 행동 때문에 군인들이 승진하거나 정직하기 때
문에 재판관들이 지위가 높고, 국가를 사랑한다고 국회의원에 선
출되거나, 지혜가 있다고 해서 국왕의 관료들이 총애를 받게 되
는 것도 아니다.

걸리버여행기

조나단 스위프트(영국 소설가)

라마는 때때로 시타에게 숲 속의 아름다움을 알려주었다.

"인간에 의해 파괴되지 않은 숲은 얼마나 아름다운가! 저기에 걸려있는 벌들의 집을 보시오!

그들은 얼마나 아름답게 서로 노래하며 즐겁게 살고 있는가!

우리가 항상 그런 광경과 소리를 즐긴다면 우리의 생활은 기쁨으로 가득 차게 될 것이오."

라마야나

C. 라자고파라치리(인도 작가)

037

그 누구도 자신의 과거 경험에 비추어서 자신의 미래의 삶이 어떠할 것이라고 예견할 만큼 지혜롭지 못하다. 만일 자신의 과거를 되돌아봄으로써 과거를 정확하게 판단할 수 있다면 그는 평균보다 더 현명한 사람이다.

에스터 하딩(미국의 정신분석가)

인간의 위대함은 자신이 비참한 존재라는 것을 알고 있다는 데
있다. 나무는 자기가 비참한 것을 알지 못한다. 그러므로 자기가
비참한 존재라는 것을 깨닫는 것은 비참한 것이지만, 자기의 비
참함을 아는 것은 대단한 일이다.

팡세

파스칼(프랑스 철학자)

인간의 정신적 고통은 전부다 자신의 생각 속에 있다. 단 하나의
죄악만은 빼놓고, 죄악은 우리 자신의 마음속에 있다. 육체적 고
통은 스스로 없애거나 아니면 우리 자신이 지워야 한다. 시간이
나 죽음은 우리의 약이나 다름없다. 그런데 인간은 당해 낼 줄을
알면 알수록 그만큼 더 당하게 된다.

에밀

장자크 루소(프랑스 철학자)

불타는 각자가 자기 자신을 계발해서 스스로 해탈을 구하도록 가르치며, 용기를 준다. 인간은 자신의 지혜와 노력으로 모든 속박에서 벗어나는 능력을 지니고 있다. 또한 불타가 '구원자'로 불릴 수 있다면 불교가 해탈과 열반의 길을 발견하고 보여주었다는 의미이다.

월뿔라 라훌라(스리랑카 불교수행자)

세상을
인생을 읽다

나는 당신과 또 다른 '나'라는 영원의 시간들 사이에 서 있다. 책 사이에 서서 그리고 그러나 그럼에도 불구하고 불현듯 아니 그래도 쓰다 말다 쓴다. 나와 너의 영원한 시간들, 순간들은 책 속에서 밑줄과 함께 순식간에 사라져 버릴 것이다. 바람이 분다. 바람은 좋다가도 싫다. 왜 일까. 그래서 나의 이름은 다음 아닌 이 책 안에서 만큼은 없는 바람이다. 텍스트 안에서 인생을 읽을 준비가 되었는가.

글쓰기가 슬퍼하는 새처럼 울부짖으며 슬퍼할 준비가 항상 되어 있다 하더라도 우리는 글을 쓰지 못한다. 그 이유는 순서에 대한 아주 미묘하고, 심각하고, 관능적인 동시에 본질적이며 전혀 예측 불가능한 감정 때문이다. 그런 감정은 인간의 육체에 일생을 품을 수 있는데, 그것이 곧, 글쓰기이다.

마르그리트 뒤라스(프랑스 작가)

042

자만심이 강한 사람은 한 번에 다른 사람을 압도하고, 신랄한 비판으로 상처를 줄 수 있다. 또한, 이들은 이런 비판을 연습하며 기술을 연마해 나간다. 이들 중에는 아주 세련된 위트와 임기응변에 능한 사람들도 있다. 모든 것이 다 그렇듯이 위트와 재치 역시 악용하면 남에게 상처를 주기도 하고 반면에 위대한 풍자 작가들처럼 예술로 승화될 수도 있다. 그러나 이런 사람들이 가지고 있는 성격적인 특징은 파괴적이며 남을 폄훼하는 성향이 강하다.

알프레드 아들러(오스트리아 정신분석학자)

043

웃음이란 타인의 약점을 통해 느끼는 우월감내지는 갑작스런 승리감이다.

토머스 홉스(영국철학자)

044

얼굴 하나야

손바닥 둘로

푹 가리지만,

보고싶은 마음

호수(湖水)만 하니

눈 감을밖에.

호수

정지용(국내 작가)

045

'딸깍발이'란 '남산골 샌님'의 별명이다. 왜 그런 별호가 생겼느냐 하면, 남산골 샌님은 지나 마르나 나막신을 신고 다녔으며, 마른 날은 나막신 굽이 굳은 땅에 부딪혀서 딸깍딸깍 소리가 유난하였기 때문이다. 요새 청년들은 아마 그런 광경을 구경하지 못하였을 것이니, 좀 상상하기에 곤란할는지는 알 수 없다.

딸깍발이

이희승(국내 작가)

046

크게 버리는 사람만이 크게 얻을 수 있다는 말이 있다. 물건으로 인해 마음에 상처를 받은 사람들에게는 한 번쯤 생각해 볼 말이다. 아무것도 갖지 않을 때 비로소 온 세상을 갖게 된다는 것은 무소유의 역리이다.

무소유

법정(국내 작가)

047

한 잔의 술을 마시고

우리는 버지니아 울프의 생애와

목마를 타고 떠난 숙녀의 옷자락을 이야기 한다.

목마는 주인을 버리고 거저 방울 소리만 울리며

가을 속으로 떠났다 술병에서 별이 떨어진다.

상심한 별은 내 가슴에 가벼웁게 부숴진다.

그러한 잠시 내가 알던 소녀는

정원의 초목 옆에서 자라고

문학이 죽고 인생이 죽고

사랑의 진리마저 애증이 그림자를 버릴 때

목마를 탄 사랑의 사람은 보이지 않는다.

세월은 가고 오는 것

…중략

목마와 숙녀

박인환(국내 작가)

048

차라투스트라는 군중을 의아하게 생각하여 이렇게 말했다.

"인간은 동물과 초인 사이에 걸쳐 놓은 하나의 밧줄이다. 심연 위에 걸쳐진 밧줄이다.

차라투스트라는 이렇게 말했다

초인은 힘의 상징처럼 보이지만 결국 나약한 인간 즉, 자신이다.

프리드리히 니체(독일 철학자)

진정한 사랑이란 지속적인 사랑이며, 장기적인 관계에서 불가피
하게 만나게 되는 난관에도 무너질 수 없는 사랑이다. 사랑에는
자발적인 마음, 즉 감정에 대한 열린 마음 이외에는 다른 어떤 것
도 필요치 않다.

존 암스트롱(영국 작가)

'희망' 이라는 단어는 죽기 전까지 함께 하는 단어이다. 희망이 있다. 없다. 라고 말하는 것은 '자기 의지'에 달렸다. 그것은 우리가 걷는 길과 같은 것이다. 처음부터 길은 없었는데 걸어 다니는 사람이 많아지자 길이 생기는 것처럼 말이다.

희망 속에서 자기 발견이란, 소망스럽고도 무서운 모험의 영역을 여는 열쇠를 가져다준다는 의미에서 보면 참으로 매력적인 것이다. 그것은 네 잎 크로버를 발견하는 것과 같다.

루쉰(중국 소설가)

네가 가는 곳마다 가을이 오고
어김없이 저녁이 온다.
나무들 아래, 뭔지 모를 소리 내는 푸른 짐승,
저녁의 을씨년스러운 연못.

날아가는 새들의 날개짓, 슬그머니 하늘을 향하고
너의 눈 가위에 둘러싼 우울함에
너의 엷은 미소가 보인다.

신은 너의 눈꺼풀을 수놓아 놓는다.
수난절 아이야, 별들은 밤이 되면
너의 둥근 이마를 찾는다.

누이에게

게오르크 트라클(오스트리아 시인)

052

내가 나에게 사형을 선고한 것은 인간의 심판이었다고 지적했다. 그는 그렇다고 해서 내 죄가 씻어진 것은 아니라고 대답했다. 나는 죄라는 것이 무엇인지 모르겠다고 말했다. 내가 죄인이라고 그들이 내게 가르쳐 주었을 뿐이었다. 나는 죄인이고 그 대가를 치는 것이었다. 그러니까 나에게 그 이상을 요구할 수는 없었다.

이방인

부조리 문학의 최고봉

알베르 카뮈_(프랑스 작가)

053

우리가 만난 지 나흘째 되는 날 아침, 네 말을 듣고서야 난 이 새로운 사실을 알게 되었어.

"나는 해가 지는 모습을 정말 좋아해. 지금 그걸 보러 가자……."

"하지만 기다려야 하잖아……."

"뭘 기다려?"

"해가 지기를 기다려야지."

어린왕자

세상에서 가장 순수하고 아름다운 별을 찾고 싶다면……. 방법은 단 하나라고 생각한다. 순수한 마음으로 볼 때만 진실한 세상을 바로 볼 수 있지 않을까?

앙투안 드 생텍쥐페리(프랑스 작가)

054

'새는 알에서 나오려고 투쟁한다. 알은 세계이다. 태어나려는 자는 하나의 세계를 깨뜨려야 한다. 새는 신에게로 날아간다. 신의 이름은 아브락사스.'

나는 오직 내 속에서 솟아오르는 인생을 살아가려고 했을 뿐이다. 그것이 왜 그토록 어려웠을까?

무언가를 절실히 원하는 사람이 자신에게 정말로 필요한 것을 찾아내면, 그것은 우연히, 아니라 그 자신의 욕구와 필요가 그를 거기로 인도한 것이다.

데미안

교양소설이란 무엇인가?

헤르만 헤세(독일 작가)

"누군가를 비난하고 싶을 때면, 세상의 모든 사람들이 너처럼 복이 많은 것은 아니라는 사실을 꼭 기억해야 한단다."

아저씨는 그 이상 말씀을 하지 않았다. 사실 우리의 대화는 항상 과묵했다. 그 충고 때문인지, 나는 사람들에 대해 쉽게 가치판단을 하지 않는 습관을 갖게 되었다.

위대한 개츠비

진실이 가득한 세상이 존재할까. 선악만이 교차하겠지.

F.스콧 피츠제럴드(미국 소설가)

056

파란 녹이 낀 구리 거울 속에
내 얼굴이 남아 있는 것은
어느 왕조의 유물이기에
이다지도 욕될까?

나는 나의 참회의 글을 한 줄에 줄이자
만 이십사 년 일 개월을
무슨 기쁨을 바라 살아왔던가?

내일이나 모레나 그 어느 즐거운 날에
나는 또 한 줄의 참회록을 써야 한다.
그때 그 젊은 나이에
왜 그런 부끄런 고백을 했던가?

밤이면 밤바다 나의 거울을
손바닥으로 발바닥으로 닦아 보자.
그러면 어느 운석 밑으로 홀로 걸어가는

슬픈 사람의 뒷모양이

거울 속에 나타나 온다.

참회록

그 시대의 가장 순수한 청년의 처절한 기록

윤동주(국내 시인)

057

시는 일반적으로 인간 본성에 내재하고 있는 두 가지 원인에서 발생한다. 모방한다는 것은 어렸을 적부터 인간 본성에 내재한 것으로, 인간이 다른 동물들과 다른 점도 인간이 가장 모방을 잘하며, 처음에는 모방에 의하여 지식을 얻는다는 점에 있다. 또한, 모든 인간은 날 때부터 모방된 것에 대하여 쾌감을 느낀다.

시학

거의 최초의 문예비평

아리스토텔레스(그리스 철학자)

058

"저는 햇빛이 싫어요. 너무 따가워요."

고욤나무 아저씨는 그만 웃고 말았어요.

매미들은 무더운 여름 한철 살다 가는 곤충이에요. 그런데 더위

가 싫다니요.

고욤나무 아저씨로선 도무지 이해가 안 되는 말이었어요.

"치치, 햇빛을 피해선 안 돼."

"넌 매미야. 매미에겐 따가운 햇빛이 필요하단다."

아기매미 치치

모든 인간, 동물, 식물들은 자기만의 환경이 존재한다.

박혜정(국내 작가)

059

당신이 등을 돌리지 않는 한 운명은 당신이 꿈꾸는 그대로 당신

의 것이 될 것이다.

항상 운명은 내 안에 존재한다는 사실을 명심할 것

헤르만 헤세(독일 작가)

060

꿈은 인간 내면에 숨겨져 있는 일련의 억압된 기억들의 분출구이
다. 또한 소망 충족이고 무의식에서 오는 왜곡된 정신활동이다.

꿈의 해석

프로이트(오스트리아 정신분석학자)

061

인생의 한계를 배운 사람은 결핍으로 인한 고통을 제거하고, 삶 전체를 완전하게 만드는 것이 쉬운 일임을 알 것이다. 그래서 경쟁을 포함하는 행동을 필요로 하지 않는다.

에피쿠로스(그리스 철학자)

062

도덕은 인간의 자연적 충동이나 본능과 분리되어 이성에 의해 결정될 수 없다. 도덕은 우리가 느끼는 바, 우리 본성의 한 부분인 욕구와 도덕적 감정에서 발생한다.

찰스 로버트 다윈(영국 생물학자)

063

인간은 미래에 대해 명확한 관념을 갖기 못한다면, 우리가 소유

한 모든 것의 파멸을 만날 지도 모른다.

카를 마르크스(독일 사상가)

064

세상, 저도 그냥저냥 그것을 어설프게 알게 된 것처럼 느껴졌습니다. 세상이란 개인과 개인 간의 투쟁이고, 일시적인 싸움이며 그때만 이기면 된다. 노예조차도 노예다운 비굴한 보복을 하는 법이다. 그러니까 인간은 오직 그 자리에서의 한판 승부에 모든 것을 걸지 않는다면 삼아 남을 방법이 없다. 그럴듯한 이유 같은 것들을 늘어놓지만, 노력의 목표는 언제나 개인, 개인을 넘어 또. 다시 개인, 세상의 난해함, 대양은 세상이 아니라 개인이다, 라며 세상이라는 넓은 바다의 환영에 겁먹는 데서 다소 해방된다 할지라도….

인간실격

인간과 세상에 대한 불신과 물음의 해답은 없다. 죽기 전까지 인간이길 단념할 수가 없는 자신은 '인간실격' 이라고 말하고 "이제 저는 더 이상 인간이 아니었습니다."라는 문장은 견딜 수 없는 현실세계를 대변하는 말이라고 할 수 있다.

디자이오사무(일본 소설가)

065

그건 불행한 야만인들이 보이는 그 철저하고 죽음 같은 무관심이었다. 이 길들여지지 않은 사람들 뒤에는 이 식민지에 작용하고 있던 새로운 세력의 산물이라고 할 수 있는 길들여진 원주민 한 사람이 소총의 가운데 부분을 붙잡고 기가 죽은 듯이 어슬렁거리고 있었다.

암흑의 핵심

서구 제국주의를 비판한 소설인 '암흑의 핵심'은 작가의 현실적 체험에서 허구적 공간으로 굴절, 변형시킨 참담한 현실, 야비함, 영혼이 겪은 폭풍 같은 고뇌를 써내려간 자전적 이야기라고 볼 수 있다.

조셉 콘래드(영국 소설가)

066

계획이 현명하지 못해 후회하면 무슨 의미가 있을까? 소견이 깊이 못한 사람이 가르쳐봤자 무슨 이득이 있을까? 또한, 오직 자신의 이득만을 바라고 생각한다면 생각하는 바가 어긋나고 오직 사적인 것에 마음에 둔다면 공적인 것은 없어지고 말 것이다.

명심보감

계획은 세우는 것은 단순한 사고에 의한 것이 아니라 오래도록 생각하고 또 생각해도 쉽지 않을 일이다. 지금 내 앞에 어려운 일이 부딪혀 있다면 어떻게 할 것인가.

범입본(원말원초 문신)

067

시인에게 사물은 이미 하나의 이미지라면 사물은 상상력의 가치이다. 실제 사물은 그것이 원형에서 부여받는 강한 흥미에 의해서만 시적인 힘을 가진다.

결국, 시란 무엇인가? 시를 어떻게 볼 것인가?

가스통 바슐라르(프랑스 철학자)

068

신은 모순되지 않는 모든 세계를 창조할 수 있다. 모든 인간은 어
느 한 세계에 살고 있다. 인간의 넓은 사유의 창조에 따라 어떠한
것인들 못 만들겠는가.

오컴(영국의 철학자)

069

인간의 양심이란 사물의 이치를 깨닫지 못하고 인간을 탓할 뿐이다. 만일 인간의 양심만큼 사물의 이치를 깨닫지 못하는 똥개가 있다면, 난 그놈을 잡아 독살해 버리고 말 것이다. 양심이란 인간의 내장 모두가 차지하는 것보다도 더 큰 장소를 차지하고 있으면서도 아무, 쓸모없는 것이다.

허클베리 핀의 모험

미국 현대문학을 대표할 수 있는 이 작품은 제목대로 '허클베리 핀' 한 소년이 겪는 여러 모험담이다. 소설의 모티프는 헉 핀과 짐이 함께 떠나 '자유'를 찾는 여정이다. 정신적, 도덕적 각성이다.

마크 트웨인

070

하늘의 무지개를 볼 적마다

내 가슴은 항상 설렌다.

나 유년시절, 그러했고

성장한 지금도 마찬가지

쉰 예순 살에도 그러지 못한다면

차라리 죽는 게 낫다.

아이는 어른의 아버지

바란다. 나의 하루하루가

자연의 믿음에서 벗어나질 않기를..... .

하늘의 무지개를 볼 때마다

월리엄 워즈워스(영국의 시인)

071

단단하고 강한 마음을 세워 집을 떠나서 밤낮으로 내면의 도를 닦으면 뿌리째 욕심은 사라지고 그 배움은 사라지지 않고 내 마음은 항상 즐겁다.

법구경

나 자신을 잘 안다고 할지라도 잘 알 수 없는 것. 매일매일 진정한 나를 돌보는 것도 좋은 일일 것이다.

법구(북인도 학승)

072

우리가 살고 있는 이 메이너 농장만 해도 말 열두 마리, 암소 스무 마리, 양 수 백 마리에게 상상 이상의 편안하고 품위 있는 삶을 보장해 줄 수 있습니다. 그런데 우리는 왜 하루하루 이 더러운 환경 속에서 살아야 하는 겁니까? 이유는 간단합니다. 우리가 노동해서 생산한 것을 인간들이 모두 도둑질해 가기 때문입니다. 동무들, 우리 문제에 대한 해답은 바로 거기에 있었지. 한마디로 문제의 핵심은 '인간'이야. 인간은 우리의 진정한 적이자 유일한 적입니다. 인간을 몰아내기만 하면 우리의 굶주림과 힘든 노동의 근본 원인은 영원히 사라지게 될 것입니다.

동물농장

소련, 즉 스탈린시대를 비판한 풍자, 우화소설
이 소설은 인간에게 착취당하던 동물들이 인간을 내쫓아 버리고 동물농장을 세운다는 이야기이지만 그 시대, 권력 현실의 부패 상황을 함의를 통해 신랄하게 폭로하는 것이나 다름없다.

조지오웰(영국 작가)

올드보이를 보다. 읽는다. 쓰다.

내 인생에 있어서 이렇게 강렬하게 내 머릿속을 끌어당겼던 영화가 있었을까.
오대수라는 인물이 극악무도한 인물이었을까.

이수아의 동생 이우진은 그러했을 것이다.

술을 좋아하고 남들 앞에서 떠들기 좋아하는 오.대.수. 이름풀이를 하면 '오늘
만 대충 수습하며 살자'라는 뜻을 갖고 있다.

이 남자는 아내와 어린 딸아이를 가진 그냥 평범한 직장인이다. 어느 날, 술이
취해 집에 돌아가는 길에 존재를 알 수 없는 누군가에게 무엇을 잘못했는지 모
른 채, 납치되고, 15년 동안 감금 방에 갇히게 된다. 그 15년 동안의 감금은 가
혹자체라기 보다 죽고 싶어도 죽지 못하는 신세이다.

또한, 중국집 군만두만을 먹으며 8평이라는 작은 공간에서 그가 할 수 있는 일
이란 또 그냥 텔레비전만 보는 게 전부이다.

그렇게 1년이 지났을 무렵, 뉴스를 통해 나오는 아내의 죽음 소식을 듣고, 그러
다가 아내의 살인범으로 자신이라는 것을 알게 된다.

그 후 오대수는 복수를 위해 체력강화를 하고 자신을 가둘만한 사람들, 사건들
을 모조리 기억 속에서 찾아내려 한다. 또한, 탈출을 위해 감금 방 한쪽 구석을
쇠젓가락으로 파기도 하는데..... .

감금 15년 되던 해, 결국 사람 몸 한 명 빠져나갈 만큼의 구멍이 생겼을 때, 어
처구니없게도 15년 전 납치됐던 바로 그 장소로 풀려나 있는 자신을 알아차린
다.

우연히 들린 일식집에서 순간 정신을 잃어버린 오대수는 보조 요리사 미도 집
으로 가게 되된다. 미도는 오대수에게 연민에서 시작한 사랑의 감정을 키워나

가게 된다.

드디어, 첫 대면을 하는 날 복수심으로 들끓는 대수에게 우진은 게임을 하자고 한다.

자신이 가둔 이유를 5일 안에 밝혀내면 스스로 죽겠다는 것. 대수는 이 지독한 비밀을 풀기 위해, 사랑하는 연인, 미도를 잃지 않기 위해 5일간의 급박한 수수 께끼를 풀어나가야 한다.

이것이 아마도 대충의 줄거리 일 것이다. 이 영화에서 가장 궁금한 것은 무엇일 까?

"당신 도대체 누구야?" 도대체 이우진은 누구이며? 이우진이 오대수를 15년 동 안이나 감금한 이유는 뭘까? 오대수는 성격상 남의 이야기를 듣는 스타일은 아 닌바, 그저 자기가 하고 싶은 말만 하고 싶은 사람이다.

이제 정리를 해보면 오대수의 '말'이다. 이 '말' 한마디로 임신하게 되고 사랑까 지는 모르겠으나 이우진은 자신과 누나의 사랑 장면을 오대수의 입으로 세상 에 나왔기 때문에 누나가 죽었다고 믿어버린다.

오대수의 입에서 시작된 말의 소문이 얼마나 큰 작용을 한 것일까. 솔직히 소문 은 아무것도 아닐 수도 있다. 하지만 이우진의 정신적인 상처는 큰 파장을 일으 킨다. 그리고 오대수와 미도를 근친상간하게 하는 복수를 만들어 낸다.

이처럼 이 영화에서 '말'은 상당히 중요한 메시지를 남긴다. "재미있지 않아요? 말 한마디에 사랑에 빠지고.....". 오대수와 미도, 이우진과 이수아의 서사는 비극 적인 관계로 시작되어 끝나는 것일 테다.

165

거북아! 거북아, 수로를 내놓아라.

남의 아내를 뺏은 죄가 얼마나 크냐!

네가 만약 내 말을 거역하고 내놓지 않으면

그물로 잡아 너를 잡아 구워 먹겠다.

구지가(작가는 미상)

우리나라 최초의 민요, 왕의 강림을 기원하는 일종의 굿이라도 해도 될까?

세상의 물질을 탐하지 않고 보석을 지니지 않으며 사치를 멀리하
고 검소한 인간이 되는 것이 최상의 일이다. 옛 부터 부유한 성자
란 없는 법이다

요시다 겐코(중세 일본 승려)

075

우리는 가난과 재앙을 동의어로 생각하는 경향이 있지만 사실,
가난은 행복의 원천이다. 그리고 우리가 아무리 가난을 재앙으로
생각하더라도 여전히 행복의 원천으로 남아있다.

레프 톨스토이(러시아 소설가)

삶의 자연스러운 목적으로 단련된 가난은 커다란 재산이다. 그
반면에 무한한 재산은 무한한 가난을 말한다.

에피쿠로스(그리스 철학자)

내가 격에 맞게 입고 반듯하게 걷고 예법에 따라 식사하는 것은 식사나 걸음걸이나 의복 자체를 위해서가 아니라 내가 행하는 모든 것에 합당한 이유를 부여하는 수단을 선택하기 위해서다.

행복론

루키우스 안나이우스 세네카(로마제국 사상가)

잃음으로써 얻고 얻음으로써 잃는다. 적게 가진 사람은 받을 것
이고 많이 가진 사람은 부끄러움을 당할 것이다.

도덕경

노자(춘추전국시대 초나라 철학자)

"모든 악의 근원은 탐욕이다."라는 말처럼 진실에 가까운 것은 없다. 충분한 것 이상의 것을 가지지 마라. 이때 충분함이란 스스로 생존하기 위해 필요로 하는 것만큼을 뜻한다.

고백록

성 아우구스티누스(로마제국 철학자)

인간이 자신의 의지를 부정하면서까지 영혼의 삶을 영위할 수는 없을 것이다. 어떤 것을 원하지 않는다는 것은 결국, 삶의 내용을 상실하는 결과에 이를 것이기 때문이다. 전혀 아무것도 원하지 않으면서 자기한테 가해지는 요구를 행한다는 것은 너무 가혹해 자유라는 이념은 두 관계 사이에 끼여서 궁지에 몰릴 수밖에 없다.

인간적인 세계를 만들고 싶은 자, 평범한 시민으로 살고자 했던 자의 진정한 모습

토마스 만(독일 소설가)

세상을
인생을 쓰다

내 인생의 큰 고민은 말 말말이다. 좀 더 덧붙이자면 보다 듣다 읽다 쓰다, 이다, 의 문제, 나뿐만 일까? 지금 자판을 두드리면서 나의 머릿속은 빙판에서 돌고 있는 팽이처럼 돌다 자빠지다 어느새 땅바닥으로 곤두박질친다. 다시 세우고 돌리고 패대기를 친다. 또, 다시 빙판을 빠르게 돌다가 힘없이 다시 주저앉는다. 인생은 내 맘대로 되지 않는다. 그래서 뭔가를 찾기 위해 우리는 상상력을 통해 언어를 만들어 내고 글을 쓴다.

081

권력은 그 자체가 순수한 수단이다. 그것이 무지한 사람들에게
최종 목표가 될 수 있는 이유다.

시몬베유(프랑스 철학자)

082

어떤 사람에게는 잘 맞는 신발이 있고 어떤 사람에게는 잘 맞지
않는 신발이 있는 것처럼 모든 사람에게 딱 맞는 인생의 비결은
없다.

카를 구스타프 융(스위스 정신분석학자)

083

욕망의 억제가 제대로 효과를 발휘하려면 바른 방법을 통해서 이루어져야 한다. 만일 우리가 스스로는 기피하면서 다른 사람의 욕망만을 억제하려 든다면 오직 적대감과 저항만을 불러올 따름이다.

주역(한나라 초기)

주역

084

부자들은 그들이 실제로 필요하지 않은 헛되게 낭비되는 물질들을 어마어마하게 비축하고 있다. 수백만 명이 생계를 잇지 못하고 굶어 죽어가는 동안에도 그들은 계속해서 물질을 모으고 있다. 만약 우리들 각자가 필요한 것만을 지니게 된다면 아무도 결핍으로 인한 곤란을 겪지 않을 것이며 모든 사람이 만족하면서 살 수 있을 것이다.

간디(인도 정치인, 사상가)

테미스토클레스는 딸을 훌륭한 가난뱅이와 결혼시킬지, 아니면 존경할 만한 인격을 갖춘 부자와 결혼시킬지를 묻자 이렇게 대답했다.

"나는 물론 사람이 덜 된 돈보다야 돈이 좀 덜한 사람을 택하겠소.

잠시 물질을 생각에서 지우고 정신을 생각하자.

마르쿠스 툴리우스 키케로(이탈리아 작가)

사회는 자신에 이로운 행위를 미덕이라 부르고 그렇지 않으면 악덕이라 부른다. 선이니 악이니 하는 것은 그 이상 아무것도 아니다. 죄란 자유인이 벗어나야 하는 편견이다. 사회는 개인과의 경쟁에서 세 가지 무기를 가지고 있는데 그것은 법, 여론, 양심이다.

서머싯 몸(프랑스 소설가)

087

인간의 삶이란 욕망과 그것의 성취 사이를 흐르는 것이다. 본질
상 희망은 고통이며 욕망의 달성은 포만감을 낳는다. 그 결과는
자명하다. 소유는 모든 아름다움을 앗아간다.

의지와 표상으로서의 세계

아루투어 쇼펜하우어(독일 철학자)

088

공자께서 말하길 "한 나라를 다스림에 있어서 일을 공경히 하고 신의가 있어야 하며, 쓰는 것을 절약하고 백성을 사랑하여야 하며, 백성을 다스림에 있어서 그것에 맞게 하여야 한다."

논어

공자(춘추시대 유학자)

공자께서 말하길 " 알맞고 바르게 행동하는 사람과 함께 할 수 없을 바에야 반드시 과격한 사람이나 고집쟁이를 택하겠다! 과격한 사람은 진취적이고 고집쟁이는 일은 하지 않는 거나 다름없다."

논어

공자(춘추시대 유학자)

아름다운 마음을 지닌 사람은 인간으로서 사랑받는다. 언뜻 보면 지성을 가진 사람이 마음씨 고운 사람보다 더 극진히 대접받는 것 같지만, 결국은 마음씨 고운 사람이 승리하게 된다.

탈무드

랍비(유대교 율법학자를 일컫는 말)

철학자가 왕이 된다면 이 나라의 왕이 철학을 해야 한다. 그렇지 않다면 우리가 말했던 국가의 정치체제는 절대적으로 햇빛을 보지 못하고 번영도 못할 것이다.

국가

플라톤(고대그리스 철학자)

도덕적인 삶을 살아가는 것이 열반이 상징하는 인간의 완벽한 이상의 한 부분이라는 생각 속에 이러한 문제들에 대한 하나의 해결책이 될 수도 있다. 그래서 덕행은 이 이상 속에서 본질적인 구성요소를 이루지만 불완전한 것이어서 그 어떤 것으로 보완해야 한다.

데미엔 키언(영국 종교학자)

093

도시에 비가 내린다.
내 마음속에서 울고 있다.
내 마음을 깊숙이 흘러내리는
이 답답함은 무엇일까?

오호! 땅에서 지중위로
들리는 소근 대는 빗소리여!
지루함에 빠져버린 어딘지 모를 가슴에
오호! 씻어줄 듯 빗물이 노래를 들려주네.

거부하는 내 마음속에서
그는 아무 이유 없이 울고
변심이 없다고 말하는
그러나 까닭 모를 이 슬픔은

아무 이유를 모르는 것이란
가장 몹쓸 고통이겠지!

사랑도 미움도 없이

왜 내 마음에 고통이 가득할까?

그는 내 마음 속에서 언제나 울고 있네

폴베를렌(프랑스 시인)

094

사유가 가진 특징은 끝없이 어떤 것에 관해 생각할 수 있는 것을
나 자신 다음으로 가장 즐겨 생각하는 대상으로 삼는다는 점이
다. 그런 까닭에 교양 있고 사려 깊은 인간의 삶은 자신에게 주어
진 사명의 아름다운 수수께끼에 관한 부단한 수양과 명상을 의미
한다.

프리드리히 슐레겔(독일 작가)

전혜린을 기억하다.
세월이 가면 사라져 가는 그 이름.
그러나 기억해야 할 그 이름.

'그리고 아무 말도 하지 않았다.' '이 모든 괴로움을 또 다시' 두 권을 세상에 내놓았다.

지금 내가 이 이름을 부르고 싶은 것은 내 자신을 문학의 길로 시작하게 만든 분이나 다름없기 때문이다. 89년 고입시험에 합격한 후 서가에서 . '그리고 아무 말도 하지 않았다.' 라는 책을 발견하고 아무 생각 없이 읽기 시작했다. 읽고 나서 나의 심중은 완전히 '디베르티스망' 인 상태가 되어 버렸다.

'디베르티스망'은 아리스토텔레스가 말한 '카타르시스' 보다 한층 우위의 정신 감정 상태라고 할 수 있다. 카타르시스가 어떤 예술작품을 통해 인간을 고독에서 해방시켜 줬다.라고 한다면 '디베르티스망'은 현실에 있어서 자기가 아니라 스스로 바라는 자기, 혹은 스스로 바라지 않는 자기가 되고 싶은 강한 충동을 느낀다는 의미이다.

인간은 그것을 의식적으로 시도할 때 스스로 바라는 자리에 자기를 위치시켜 순수한 자기 자신이 되는 것이다. 이 한 권의 책으로 나 자신은 완전히 변해버렸다.

삶을 있는 그대로 보는 것은 별로 즐거운 일이 아니다. 너무나 추악하고 권태로운 일이 많기 때문이다. 약간의 베일을 씌우고 약간의 안개로 가리고 삶을 볼 때 삶은 아름다워지고 우리에게 견딜 수 있는 무엇으로 변형된다. 덜 냉혹하고 덜 권태롭게 느껴진다. 저녁때 푸른 어둠 속을 형광등이 일제히 켜지는 시간부터 신비는 시작되는 것이다.

고독하게 어둠 속에 누워있을 때 우리는 사물이 갑자기 나의 일상성 밖으로 달아나는 것을 느낀다. 온갖 물체가 입체성을 잃고 마치 유동체처럼 우리의 의식 속에 흘러 들어오고 나와 별개의 세계와 우리가 기묘한 새로운 관계에 서게 된다.

한마디로 전혜린은 불꽃같은 여자이다. '불꽃'은 꺼지기 전에 허공 속을 활활 타오른다.
서울대 법대를 다니다 헤르만헤세가 있는 독일로 유학, "평범한 일상에 만족하지 않고 쉬지 않고 자기만의 이상을 향해 도전해야 한다."고 말했을 정도로 완벽한 자기만의 세계를 구축하는데 성공했다. 고 할 수 있다. 또한 그녀의 삶은 '치열함' 밖에 없을 정도로 천재적 열정은 가히 누구와 견줄 수가 없다.

펄펄 나는 저 꾀꼬리

암수 서로 다정한데

외로운 이내 몸은

누구와 함께 하리오.

황조가

유리왕(고구려왕)

096

밤중을 지난 무렵인지 죽은 듯이 고요한 속에서 짐승 같은 달의 숨소리가 손에 잡힐 듯이 들리며 콩 포기와 옥수수 잎새가 한층 달에 푸르게 젖었다. 산허리는 온통 메밀밭이어서 피기 시작한 꽃이 소금을 뿌린 듯이 흐뭇한 달빛에 숨이 막힐 지경이었다. 붉은 대궁이 향기같이 애잔하고 나귀들의 걸음도 시원하다. 길이 좁은 까닭에 세 사람은 나귀를 타고 외줄로 늘어섰다.

메밀꽃 필 무렵

이효석(국내 작가)

097

생사 길은 이에 있으메 머뭇거리고,

나는 간다는 말도 못다 이르고 가는가?

어느 가을 이른 바람에, 이에 저에 떨어질 잎처럼

한 가지에 나고, 가는 곳 모르온저.

아아, 미타찰에서 만날 나, 도 닦아 기다리겠노라.

제망매가

간단히 말하자면 신라시대 향가이며 누이의 죽음을 슬퍼하며 지은 노래이다. 누이의
죽음을 통해서 '죽음'에 대한 인식이 강하게 드러나 있다.

월명(신라의 승려, 월명사)

098

.가난한 내가
아름다운 나타샤를 사랑해서
오늘밤은 푹푹 눈이 나린다.

나타샤를 사랑은 하고
눈은 푹푹 날리고
나는 혼자 쓸쓸히 앉어 소주를 마신다.
소주를 마시며 생각한다.
나타샤와 나는
눈이 푹푹 쌓이는 밤 흰 당나귀 타고
산골로 가자 출출이 우는 깊은 산골로 가 마가리에 살자.

눈은 푹푹 나리고
나는 나타샤를 생각하고
나타샤가 아니 올 리 없다.
언제 벌써 내 속에 고조곤히 와 이야기한다.
산골로 가는 것은 세상한테 지는 것이 아니다.

세상 같은 건 더러워 버리는 것이다.

눈은 푹푹 나리고

아름다운 나타샤는 나를 사랑하고

어데서 흰 당나귀도 오늘밤이 좋아서 '응앙응앙' 울을 것이다.

나와 나타샤와 흰 당나귀

시에 있어서 구수한 사투리와 순수함이란 이런 것이지. 이 시는 토양적 서정이 강한
시이고 백석의 고향의 정겨운 토속적 사투리가 잘 드러나 있다.

백석(국내 시인)

나는 오히려 인간의 자존심 때문에 자신의 미를 믿는다고 생각한
다.

그러나 인간은 실제로 아름답지 않고, 자신의 미를 의심하고 있
다. 아니라면, 왜 인간은 자기와 비슷한 얼굴을 그렇게 경멸감을
가지고 바라보는 것일까?

말도로르의 노래

로트레아몽(우루과이 시인)

100

닭들이 갑자기

달걀 대신에 애플파이를 낳아야겠다고

착상했다.

이 착상은 수포로 돌아갔다.

왜냐하면, 닭들은 달걀을 낳도록 되어 있었으니까.

이 같은 경로로

지금까지 있었던 많은 착상들이

물거품이 되었다.

뻔한 기념시(기발한 착상이 떠오를 때)

DR. 케스트너(독일 시인)

101

일을 시작하고 처음에 돈이 들어오지 않는다고 크게 실망하지 말자. 어느 길이나 구불구불 굴곡이 있기 마련이다. 처음에 돈을 쉽게 번다할지라도 다 쓰지 말고 만약을 위해 대비해야 한다.

나쁜 일도 그렇지만 좋은 일도 항상 계속되리라는 법은 없다. 또한 시간이 갈수록 돈이 나가는 일이 점점 많아질 것이다. 처음부터 일이 너무 잘 되어 망하는 사람도 있다는 사실도 명심하자.

존 러벅(영국 작가)

파란 하늘에

가늘고 흰

부드럽고 가벼운

한 점 구름이 흐르네.

눈을 감고 느껴보라!

하얗고 서늘한 저 구름이

너의 파란 꿈을 앉고

지나는 것을

구름 한 점

나의 젊음을 되돌아보라.

헤르만헤세(독일 작가)

언젠가 나는 아주 예민한 귀를 가진

벙어리 사내를 알고 있었다.

그는 전쟁터에서 혀를 잃어 버렸다.

그 사내가 커다란 침묵이 있기 전에

어떠한 싸움을 했는지 이제는 안다. 또한

그가 죽은 것을 다행으로 생각한다.

세상이란 우리 둘을 동시에 받아들일 만큼 크지 않다.

사랑의 언어는 침묵이다

침묵에 대하여

사랑의 언어는 침묵이다

칼릴 지브란(레바논 작가)

나는 결국 떠나지 않는다.

내 악덕으로 이곳의 길을 또, 다시 간다.

인생에 철들 무렵, 내 곁에 고통의 뿌리가 다가왔고

줄기처럼 하늘로 올라간다.

나를 때리고 나를 뒤엎고, 나를 데리고 가는 악덕.

마지막 순진함과 소심함이란

이미 지나버린

나의 거부감과 배신감을 세계에 말하고 싶지 않다.

지옥에서 보낸 한 철

랭보(프랑스 시인)

미라보 다리 아래 센 강이 흐른다.

우리 사랑을 나는 다시

떠올린다.

기쁨은 언제나 슬픈 뒤에 있었다.

밤이 오면 종이 울리고

세월은 가고 나는 남았다.

손에 손을 잡고 얼굴을 오래 바라보자

우리들의 팔은

다리 밑으로

끝없는 시선에 지쳐버린 물결이야 흐르고 멈추고

밤이 오면 종이 울리고

세월은 가고 나는 남았다.

사랑은 가 버리고 흐르는 이 강물처럼

사랑은 덧없이 가 버리고
이처럼 삶은 느린 것
이처럼 희망은 난폭한 것

밤이 오면 종이 울리고
세월은 가고 나는 남았다.
중략….

미라보 다리

기욤 아폴리네르(프랑스 시인)

106

사월은 가장 잔인한 달

죽은 땅에서 라일락 꽃 피고

추억과 욕망은 뒤섞여

땅 속 뿌리를 봄비로 깨운다.

겨울은 오히려 따뜻했다.

모든 것을 잘 잊게 해 주는 눈은 대지를 덮고

말라버린 구근으로 약간의 목숨을 연명하였다

슈타른베르거 호 너머로 소나기와 함께

갑자기 여름이 왔다.

중략….

죽은자의 매장

T. S 엘리엇(미국 시인)

나의 영혼은 오! 조용한 누이여,

주근깨 가득한 어느 가을 꿈꾸고 있는

그대 이마를 향하여

그대의 천사 같은 눈, 떠도는 하늘을 향하여

솟아오른다.

우수에 찬 정원 속의 하얀 분수가

맑은 하늘을 향하여

끝없이….

한숨

스테판 말라르메(프랑스 시인)

얼마나 행복한가.

저 하찮은 돌멩이들은

길 위에 홀로 뒹구는,

갈 길을 걱정하지도 않는다.

위기를 결코 두려워하지도 않는다

그의 빛깔은 자연의 갈색

우주가 지나가며 선물한 것

태양처럼 활발하게

왔다가는 또는 혼자서 빛을 내며

절대적인 신의 뜻을 지키며

덧없이 꾸밈없이…….

　　　　저 보잘 것 없는 돌멩이들은 얼마나 행복할까

에밀리 디킨슨(미국 시인)

내 아이야, 누이야!

거기 가서 같이 사는

그 즐거움을 이제 꿈꾸자.

천천히 사랑하고

사랑하다 꽃처럼 피고 지고,

그리고 너를 닮은 그 나라에서!

그 흐린 하늘의

눈물 맺은 태양은

내 정신을 몽롱하게

눈물 너머로 빛나는

황홀하게 아름다운 너의 눈

그 신비하고 신비한 매력을 지녔지.

거기서는 모든 것이 질서와 아름다움이다.

사치와 고요, 그리고 쾌락일 뿐이 있을지언정⋯.

저 먼 옛날,

바닷가 어느 왕국에

당신이 알지도 모르는

애너벨 리라는 한 여자가 살았지요.

날 사랑하고 내게 사랑받는 것 외엔

다른 생각이 없는 소녀였지요.

바닷가 그 왕국에선

그녀도 어렸고 나도 어렸어요.

그러나 나와 애너벨 리는

사랑 그 이상의 사랑을 했어요.

날개를 가진 하늘도 천사도

부러워할 그런 사랑을

중략…

애너벨 리

그대 말고는 그 누구도 별들과 고독에도

밤이 찾아올 무렵 팔이 '뚝' 끊어져 버리는 나무들

그대 말고는 그 누구도 자신의 길이 실제로 나의 것

따르지 않았네.

그대가 멀어지면 멀어질수록

그대의 거무스름한 저녁 같은 긴 그림자는 길어지고

그대 말고는 그 누구도 새벽에 저 바다에 인사를 건네지 않았네.

방황하여 지쳐버린 나 저 어두운 숲과 이름 모를 풀들로 가득한

덤불에서 나와 나는 걸어가리라.

거품을 향해

그대 말고는 그 누구도 나의 이마 위로 내 두 눈 위로 제 손을 얹

지 않으리라.

그대 말고는 그 누구도 그리고 나는 거짓말과 부정을 부인하리

라.

로베르 데스노스(프랑스 시인)

형이상학의 근거를 인간 자신이 스스로 자신을 정립하는 행위에서 보았고 그것은 코기토 에르고 숨(나는 생각한다. 그러므로 나는 존재한다.) 속에 구체적으로 표현되어 있다. 이것은 근대적 사유의 특징이 무엇이며 근대적 지배와 권력 이성의 본질을 이루고 있는지를 명확하게 보여준다.

방법서설

르네 데카르트(프랑스 철학자)

자기 의식의 자발적 활동성이 그 자체로는 '불변하고' '근원적이며' '초월적'이라고 하더라도 그것은 지적 직관이 거부된 인간의 유한한 자기의식에 불과하다.

의식이 없다면 삶은 없는 것이며 삶의 유동성은 의식의 연속성이다.

셸링(로마 철학자)

인간은 구체적 사유의 관점에서 볼 때 본질적으로 개인으로서 실존하는 존재이며, 실존하는 개인으로서 비로소 진정한 주체가 될 수 있다.

죽음에 이르는 병

절망에 처한 개인이 절망의 상황에서 '자기 자신'을 선택한다는 것 분리를 하고자 해도 결국 실존만이 내 앞에 다가온다.

쇠렌 키에르케고르

인간은 어디에 자기가 있어야 할지 모른다. 인간은 분명히 길을 잃었고 본래의 그 자리를 찾지 못한다. 지금 사는 세계를 정확히 보지 못한다면 삶을 잘 알아차리지 못한 것이다.

팡세

파스칼(프랑스 철학자)

가지려고 애쓰는 사람들의 존재는 가지면 가질수록 정신은 왜소
해진다.

안드레 밴던브뤼크(영국 작가)

117

기쁨은 행복과는 달라서 인생의 목표가 될 수 있는데, 이 기쁨은 인간이 자신의 본성을 완수하는 데서 동반되는 감정이기 때문에 자신의 존재성을 확인 할 수 있다. 자신의 가치나 존엄성을 이 세상의 무엇보다도 값있게 여길 줄 아는 사람만이 맛보는 것이다.

롤로메이(미국 심리학자)

118

자기 자신이 원하는 것을 꼭 이룰 수 있다는 믿음과 자신감, 확신

을 가지고 반복적으로 자기 암시를 해야 한다.

"나는 날마다, 모든 것들이, 점점 더 좋아지고 있다.

자신의 의지만으로 나를 변화시킬 수 없다, 날마다 자기 자신을 믿고 상상하라.

에밀 쿠에(프랑스 심리학자)

첫 눈이 오면

내가 글자를 쓰면 사라지고 쓰면 사라지고

하이쿠 시 (일본의 독특한 짧은 시)

치요니(일본 시인)

말은 인간의 완전한 순수성과 완전한 피부 속에서 자신의 내면을
자연, 전체, 우주 전체로 연결시키는 영혼의 상태다. 또한, 언어는
의사소통의 수단이 아닌 세계가 연결되어 드러나는 매체이다. 이
러한 언어가 가능할 수 있는 것은 사물과 인간 속에 서로를 연결
시켜주는 매개체이기 때문이다.

발터 벤야민(독일 철학자)